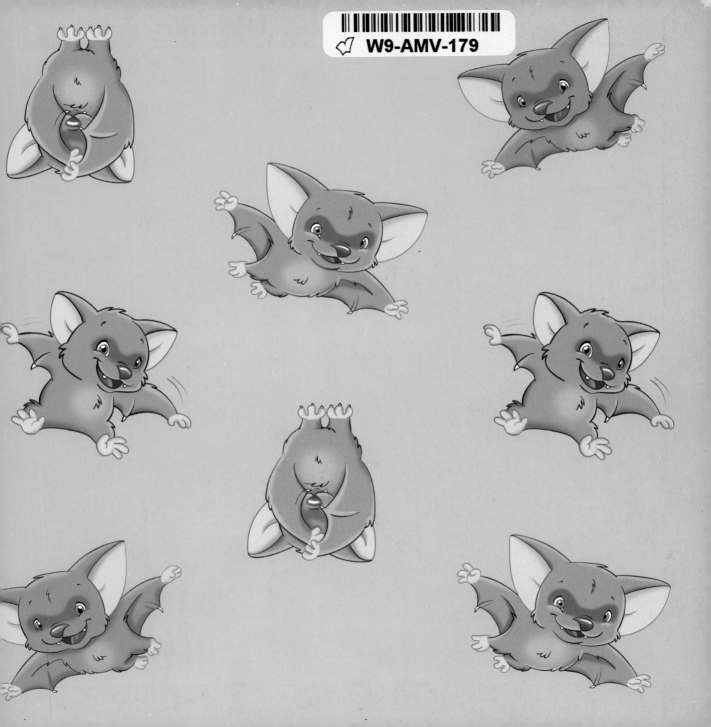

AUTEUR : VERONICA PODESTA

ILLUSTRATRICE : MONICA PIERAZZI MITRI

ROSIE
la chauve-souris

Petits mais utiles

Rosie est une petite chauve-souris toute poilue qui vit la tête en bas. Elle dort la journée et, quand tout le monde se repose, elle s'en va voler gaiement autour de la ville.

Mais comment fait-elle pour éviter de se cogner ou de se retrouver empêtrée dans les branches d'un arbre alors qu'il fait noir ?
Ses yeux lui permettent de voir pendant la nuit.
De plus, ses grandes oreilles l'aident à se diriger.

Rosie ne se contente pas de vivre la tête en bas, elle dort aussi à l'envers. Tout le monde dort couché sur le dos ou sur le ventre, la tête sur l'oreiller. Mais Rosie, elle, dort suspendue la tête en bas ! Du reste, elle est une dormeuse hors pair, une véritable bête de compétition !

Elle se cherche un coin sûr, en hauteur, dans le clocher de l'école, à l'abri de la lumière et du bruit. Elle enroule ses ailes autour de son petit corps, se couvre les yeux, les oreilles et dort comme un loir.

Un matin de juin, Rosie
se réveille en sursaut.
Pierre, le garçon le plus
farceur de l'école, est
en train de sonner
les cloches pour
réveiller Rosie qui
dort profondément.

Effrayée, elle tombe d'un coup sur le sol.
– Je suis désolé, dit Pierre, je ne voulais pas te faire peur, mais nous avons besoin de toi à l'école.
Pierre met gentiment Rosie dans sa poche et va lui montrer ce qui se passe.

Quelle pagaille à l'école ! Un tas de moustiques bruyants tourbillonnent dans la classe. La maîtresse ne peut même plus écrire sur le tableau tant elle a envie de se gratter. Les enfants tentent de faire fuir les moustiques en les chassant avec leurs mains.

– Du calme, s'il vous plaît ! crie la directrice, tandis que les enfants éclatent de rire parce qu'un énorme moustique vient de lui piquer le nez !

Rosie et Pierre ont une idée. Pierre laissera une fenêtre de la classe
ouverte pour que Rosie puisse y entrer la nuit venue. Cependant, il y a
trop de moustiques pour une seule chauve-souris, alors ils vont chercher
de l'aide. Pierre emmène Rosie dans sa poche jusqu'à la grange.

Sur place, ils trouvent, suspendus à une poutre,
deux frères, deux cousins et deux oncles de Rosie, tous profondément
endormis. Bien qu'ils soient un peu contrariés de se faire réveiller si tôt,
ils sont enthousiastes à l'idée de la tâche qui les attend.

Dès que la lune fait son apparition, Rosie et sa famille entrent dans l'école. Un véritable festin de délicieux moustiques les attend, le mets préféré des chauves-souris. L'oncle de Rosie, le plus grand et le plus gros d'entre eux, dévore jusqu'à une centaine d'insectes ! Ses cousins et ses frères se contentent d'une cinquantaine de moustiques chacun ! Tandis que Rosie la gourmande parvient à battre tous les records !

Le lendemain matin, Pierre se rend à la grange pour remercier tout ce petit monde. Mais il ne parvient pas à réveiller les braves chauves-souris qui dorment profondément, le ventre plein. Il constate que la poutre qui les soutient est sur le point de se briser sous leur poids. Pierre fabrique alors un beau matelas de paille pour les protéger en cas de chute. 1, 2, 3, 4, 5, 6, Pierre les compte.

Il manque une chauve-souris !
Où peut-elle bien
être ?

L'ordre est enfin rétabli à l'école.
La directrice sourit tout en grattant
le bouton rouge sur son nez. Et derrière
la maîtresse, Rosie s'est endormie dans
la classe.